❀ 作者／高大永

1960年出生於韓國首爾，畢業於成均館大學。

家有兩個寶貝，經常以孩子的日常生活為主題，創作出深得幼兒喜愛的繪本故事。

著有《智媛和智冠》系列繪本、《爸爸和兒子》、《我喜歡姐姐》等書。

❀ 繪者／金永鎮

出生於韓國忠清南道扶餘。

生長在奧林匹克公園一帶還是小山村的年代，蠶室國民小學畢業，目前在首爾工作。

擅長以圖畫述說有趣的故事。作品有：《小寶貝當我遇見你》、《媽媽上班的時候會想我嗎？》、
《小豬球球愛唱歌》、《喜歡被誇獎》、《媽媽煮菜好辛苦》、《奇幻魔法與頑皮小孩》等書。

❀ 譯者／鄭筱穎

國立政治大學韓國語文學系畢業，曾譯有多部韓國影視作品。

育有一雙兒女，目前為媽咪拜和媽媽經論壇駐站部落客。

對文字創作充滿熱情，因而踏上譯者這條路。

童心園系列 074

我想要零用錢 용돈 주세요

作者 高大永／繪者 金永鎮／譯者 鄭筱穎／責任編輯 張書郁／總編輯 何玉美／封面設計 黃淑雅／內文排版 吳慧妮
出版發行 采實文化事業股份有限公司／行銷企劃 陳佩宜・黃于庭・馮羿勳・蔡雨庭
業務發行 張世明・林踏欣・林坤蓉・王貞玉・張惠屏／國際版權 王俐雯・林冠妤／印務採購 曾玉霞
會計行政 王雅蕙・李韶婉／法律顧問 第一國際法律事務所 余淑杏律師／電子信箱 acme@acmebook.com.tw
采實官網 www.acmebook.com.tw／采實臉書 www.facebook.com/acmebook01／ISBN 978-986-507-128-8／定價 320元
初版一刷 2020年6月／劃撥帳號 50148859／劃撥戶名 采實文化事業股份有限公司／地址 104臺北市中山區南京東路二段95號9樓
電話 (02)2511-9798／傳真 (02)2571-3298

용돈 주세요
Copyright © 2007
Written by Ko Dae-young & Illustrated by Kim Young-jin
All rights reserved.
Original Korean edition published by Gilbut Children Publishing Co., Ltd.
Chinese(complex) Translation Copyright © 2020 by ACME Publishing Co., Ltd.
Chinese(complex) Translation rights arranged with Gilbut Children Publishing Co., Ltd.
Through M.J. Agency, in Taipei.

我想要零用錢

용돈 주세요

高大永／文　金永鎮／圖　鄭筱穎／譯

星期六下午，
智媛和智冠跟著爸媽，
一起去超市買東西。
一下車，
兩人就爭先恐後地直奔超市。
「你們兩個！
不可以在手扶梯上跑！」
儘管媽媽大聲喝斥，
智媛和智冠還是依然故我。

智冠從媽媽那裡拿到零錢後，
立刻把手推車推過來，
但智媛也吵著要推推車。
「是我把推車推過來的耶！」
智冠堅持要自己推推車，
於是推了姐姐一把。
「危險！都不准推了！
爸爸來推！」
爸爸說。

他們先從食物區開始逛，
兩個孩子搶著走在前面。

智业冠《和经智业媛》突然影停下脚步步》，
因为他们他闻到之烤肉的香味》。
兩个个人到到處处試吃個，
吃完後後才去找媽媽》。
「媽媽，妳買了什麼？」
「嗯......我買了雞肉、洋蔥、
馬鈴薯，想炒雞肉給你們吃，
還買了地瓜當點心。」
智业冠《聽了了很影開心，
因為他最喜歡吃炒雞肉了！

黑豬肉
五花肉 2,390
豬頸肉 2,340

智媛在文具區挑了一本筆記本，
就在這時候，
智冠也跑到玩具區前挑玩具。
「哇！這是最新版的樂高耶！
媽媽我要買這個！」
「不行，你忘了才剛買給你
生日禮物嗎？」
智冠露出一臉失望的表情。
但他馬上靈機一動地說：
「媽媽，可以先買明年的
生日禮物給我嗎？」
「又在無理取鬧了，不行！」
媽媽一口拒絕他。

「那給我零用錢！」
智冠想跟姐姐一樣領零用錢。
「姐姐是到三年級後
才開始領零用錢，
等你上三年級再說。」
「我可以幫忙做家事賺零用錢，
等存到錢再買。」
爸爸媽媽只是微笑，沒有回答。

商品如經拆封
不得退換貨

星期天早上，
吃完早餐後，
智冠問媽媽需不需要幫忙。
「不用，媽媽用吸塵器打掃，
你去整理自己的房間。」
「吸塵器嗎？那我可以幫妳
用吸塵器打掃嗎？」
媽媽猶豫了一會兒，
把吸塵器交給智冠。
「要記得每個地方都要
吸乾淨喔！」
智冠開始認真地幫忙打掃。

打掃完後，智冠又開始找
可以幫忙做的家事。
「智媛，媽媽要曬衣服，
幫我把曬衣架拿過來。」
「我——我——我來幫忙。」
智冠立刻把曬衣架搬過去，
還幫忙一起曬衣服。
「衣服皺巴巴的會曬不乾啦！
要把衣服抖一抖再曬，
看來還是不行，交給我吧！」
「再給我一次機會，
我可以的，你看！」
智冠學媽媽把衣服抖一抖後，
再放到曬衣架上曬。

吃完晚餐後，
智冠還幫忙洗碗。
「智冠今天是怎麼了？
幫了媽媽很多忙呢！」
媽媽笑了笑，
似乎還不知道智冠心裡的盤算。

洗完碗後，智冠開始計算
今天賺到的零用錢。

掃地：1000元
曬衣服：1000元
洗碗：1000元

「媽媽，我今天幫忙做了
很多家事，請給我零用錢，
一共是三千元。」
「你在說什麼啊？
那你有付吃飯的錢給媽媽嗎？」
「嗯……沒有，可是……」
智冠雖然想說些什麼，
卻不知該如何回答。

智ㄓˋ冠ㄍㄨㄢˋ像ㄒㄧㄤˋ洩ㄒㄧㄝˋ了ㄌㄜ˙氣ㄑㄧˋ的ㄉㄜ˙皮ㄆㄧˊ球ㄑㄧㄡˊ似ㄙˋ的ㄉㄜ˙，
回ㄏㄨㄟˊ到ㄉㄠˋ自ㄗˋ己ㄐㄧˇ房ㄈㄤˊ裡ㄌㄧˇ。
本ㄅㄣˇ來ㄌㄞˊ以ㄧˇ為ㄨㄟˊ媽ㄇㄚ媽ㄇㄚ˙會ㄏㄨㄟˋ給ㄍㄟˇ他ㄊㄚ零ㄌㄧㄥˊ用ㄩㄥˋ錢ㄑㄧㄢˊ，
他ㄊㄚ心ㄒㄧㄣ裡ㄌㄧˇ很ㄏㄣˇ失ㄕ望ㄨㄤˋ，
躺ㄊㄤˇ在ㄗㄞˋ床ㄔㄨㄤˊ上ㄕㄤˋ滾ㄍㄨㄣˇ來ㄌㄞˊ滾ㄍㄨㄣˇ去ㄑㄩˋ，
好ㄏㄠˇ不ㄅㄨˋ容ㄖㄨㄥˊ易ㄧˋ才ㄘㄞˊ睡ㄕㄨㄟˋ著ㄓㄠˊ。

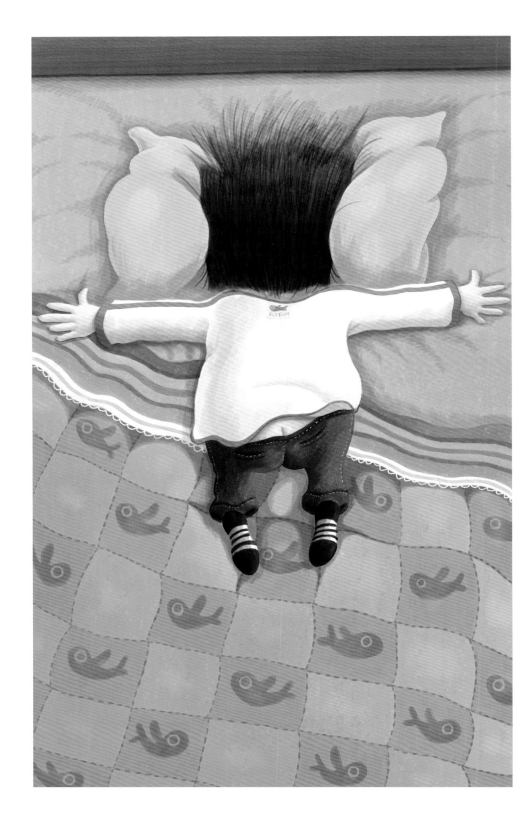

「媽媽，我肚子餓了！」
「早餐一共是三千元。」
這是怎麼回事？媽媽居然說不付錢就不給飯吃！
還跟他算點心費、補習費，還有上次看醫生的醫藥費，
媽媽要智冠把之前花在他身上的錢，全部都要還給她。

糟ㄗㄠ糕ㄍㄠ了ㄌㄜ！
這ㄓㄜ下ㄒㄧㄚ子ㄗ別ㄅㄧㄝ說ㄕㄨㄛ是ㄕ買ㄇㄞ玩ㄨㄢ具ㄐㄩ了ㄌㄜ，
光ㄍㄨㄤ是ㄕ要ㄧㄠ還ㄏㄞ給ㄍㄟ媽ㄇㄚ媽ㄇㄚ的ㄉㄜ錢ㄑㄧㄢ，
就ㄐㄧㄡ多ㄉㄨㄛ到ㄉㄠ數ㄕㄨ不ㄅㄨ清ㄑㄧㄥ了ㄌㄜ！

魷魚（近海魷魚）
100g
3000
價格（元）
製造年月日　有效年月日　幸福超市
2 001883 0009 00032　016－3738~8

烤雞翅　7000

「智冠，要遲到了！
是昨天做家事太累了嗎？」
聽到媽媽的叫喚聲，智冠這才醒過來。
「趕快吃完早餐去刷牙，上學要遲到了。」
「媽媽……我沒有錢吃早餐……」
「你這孩子是怎麼了？
從昨天開始開口閉口都是錢……」
智冠似乎還沒睡醒，
一臉睡眼惺忪的樣子。

放學回來後，
智冠在房間裡玩樂高。
「智冠，幫忙把寶特瓶拿去
資源回收站。」
就在拿寶特瓶去回收站的路上，
他心想：「看來就算努力幫忙
做家事也沒用。」
智冠難掩失落地回家。

30

回家後，媽媽正在準備晚餐，
廚房裡傳來炒雞肉的香味，
但智冠卻一直想起媽媽要他
付吃飯錢的樣子。
「孩子們，爸爸回來了，
快來吃晚餐吧！」
「爸爸，你回來啦……」
「智冠今天怎麼看起來
無精打采的樣子，
是哪裡不舒服嗎？」
「我沒事。」
智冠坐在餐桌前，
有氣無力地回答。

32

沒吃幾口，智冠就從餐桌起身。

「怎麼了？你不是最愛吃炒雞肉嗎？

怎麼不多吃點？

是為了零用錢的事嗎？」

智冠沒有回答，只是看著媽媽。

「好ㄏㄠˇ吧ㄅㄚ！從ㄘㄨㄥˊ這ㄓㄜˋ禮ㄌㄧˇ拜ㄅㄞˋ開ㄎㄞ始ㄕˇ給ㄍㄟˇ你ㄋㄧˇ零ㄌㄧㄥˊ用ㄩㄥˋ錢ㄑㄧㄢˊ，
但ㄉㄢˋ是ㄕˋ要ㄧㄠˋ認ㄖㄣˋ真ㄓㄣ幫ㄅㄤ忙ㄇㄤˊ做ㄗㄨㄛˋ家ㄐㄧㄚ事ㄕˋ喔ㄛ！」
媽ㄇㄚ媽ㄇㄚ掏ㄊㄠˊ出ㄔㄨ三ㄙㄢ千ㄑㄧㄢ元ㄩㄢˊ給ㄍㄟˇ智ㄓˋ冠ㄍㄨㄢˋ。
「媽ㄇㄚ媽ㄇㄚ，謝ㄒㄧㄝˋ謝ㄒㄧㄝˋ妳ㄋㄧˇ！」
智ㄓˋ冠ㄍㄨㄢˋ開ㄎㄞ心ㄒㄧㄣ地ㄉㄜ˙大ㄉㄚˋ聲ㄕㄥ回ㄏㄨㄟˊ答ㄉㄚˊ。
「要ㄧㄠˋ存ㄘㄨㄣˊ多ㄉㄨㄛ少ㄕㄠˇ錢ㄑㄧㄢˊ才ㄘㄞˊ可ㄎㄜˇ以ㄧˇ買ㄇㄞˇ樂ㄌㄜˋ高ㄍㄠ呢ㄋㄜ˙？」
他ㄊㄚ開ㄎㄞ始ㄕˇ在ㄗㄞˋ腦ㄋㄠˇ海ㄏㄞˇ裡ㄌㄧˇ盤ㄆㄢˊ算ㄙㄨㄢˋ著ㄓㄜ˙。